푸른사상 시선 187

신을 잃어버렸어요

이성혜 시집

푸른사상 시선 187

신을 잃어버렸어요

인쇄 · 2024년 4월 15일 | 발행 · 2024년 4월 22일

지은이 · 이성혜
펴낸이 · 한봉숙
펴낸곳 · 푸른사상사

주간 · 맹문재 | 편집 · 지순이, 김수란, 노현정 | 마케팅 · 한정규
등록 · 1999년 7월 8일 제2-2876호
주소 · 경기도 파주시 회동길 337-16(서패동 470-6) 푸른사상사
대표전화 · 031) 955-9111(2) | 팩시밀리 · 031) 955-9114
이메일 · prun21c@hanmail.net
홈페이지 · http://www.prun21c.com

ⓒ 이성혜, 2024

ISBN 979-11-308-2141-2   03810
값 12,000원

푸른사상
시선

187

신을 잃어버렸어요

이성혜 시집

푸른사상
PRUNSASANG

머물렀던 순간에도 늘 길 위를 흐르고 있었다

어디에 놓았을까

걸었던 흔적의 웅덩이 하나!

2024년 봄

이성혜

| 차례 |

■ 시인의 말

제1부

제2부

제3부

제4부

제1부

가족은 각각의 상황을 산다

저무는 강의 뒷모습이 그로테스크하다, 통째로 붉음을 먹
어 살아나는 어둠

샤워를 마치고 나온 남자가 소파에 몸을 던진다
지느러미에서 노곤한 평화와 비린내가 읽힌다
장강의 뒷물결에 밀리는 앞물결
헐거워진 지느러미가 안쓰러워 살가움 하나 던진다
당신보다 일주일 더 살아서 꼭꼭 묻어주고 갈게

─두 분은 좋겠지만 일주일에 두 번 큰일 치르는 전, 얼마
나 힘들겠어요?
속 빈 파프리카같이 웃음을 터트린다, 노랗게
모처럼 눌린 대화가 보송보송 살아나는 자리에
청출어람도 아닌 뒷물결이⋯⋯!
뒤를 견제하려는 순간, 순하게 밀려가는 흰 갈기가 보였다

가족이란, 한 물결에 각각의 상황을 쓰며 밀려가는 강물
기록부 같은 거다

술 먹는 남자

먹지 않아도 배고프지 않은, 입구가 출구인 곳으로
빛의 보푸라기들이 밀려든다

부스러진 어둠이 틈새를 찾고 수혈된 빛이 자리를 잡는다

따라 내리지 못한 사념의 실타래가 폴폴 날며
소리 잃은 소란이, 들리지 않은 귀에 호흡을 흘려 넣는다

익숙한 냄새
관성에 따라 고개를 돌리다 흠칫,
순하게 처진 어깨의 남자와 눈이 맞는다

검은 봉지로 감싼 소주를 흘려 넣는 그
왜 밥 대신 술을 먹고 있는 거라 생각했을까

기사분께 말하지 않을게요
꼭 밥이 허기를 채워주는 건 아니잖아요, 때론

다 잊고 자는 잠이 훨씬 풍요로운 식탁일 수 있어요

창문에 커튼을 치고 눈을 감은 남자
소풍 터미널을 떠난 목적들이 목적지를 향해 달린다

배려

햇살의 잔광이 계절의 그늘 속으로 스며든다
갈 길 준비하는 은행나무 길을 지나다 물들지 못한 부류
를 만난다

햇살을 쫓으려다 놓친,
무리에 속하지 못한 부류는 그림자에 젖어 있다
밝은 곳에 서면 줄어들 수밖에 없는 그늘

문이 열리고 무리가 들어서자 자신의 옆 좌석을 두드리며
여기에 앉으세요, 배려예요, 함께 앉아야지요

빈 곳 많은 좌석에 주저하던 발길 하나 주춤주춤 자리 잡자
은행잎처럼 우수수 쏟아지는 질문
천진하고 새하얀 관심에 옆 좌석은 감내할 것이 많다

어색한 동행이 몇 차례 빠르게 떠나고,
습득된 배려를 권하는

이십 대 중반 여자의 눈에 베푼 자의 만족이 일렁인다

함께 황금색으로 채색되지 않은 채, 여전히

맑고 푸르게 남아 있는 잎

연두 리본의 욕망

존재가 있었나? 자각이 먼저 눈을 떴을까요?

설산을 기어 당도한 무릎이 하얗게 무너집니다

긴 잠, 그건 시간 안의 일인가 시간 밖의 일이었을까요?

지워진 문틈으로 일렁이는 신(神)의 옷자락 소리를 듣습
니다
한 조각 일렁임이 세포를 건드리자 가슴을 관통하는 전
율!
몽글몽글 스미는 전율에 이유 모를 조급함이 담겼습니다

예언, 예언입니다

길, 길을 내야 한다는……

온몸에 들끓는 간지럼을 없는 손가락으로 박박 긁으며
죽어버린 한 생이 또 다른 생을 위해 길을 준비합니다

제 몸을 비켜 자신이 벗어날 통로를 만들고
있었지만, 처음인 그 길에
병아리 솜털같이 순진한 얼굴을 내밉니다

봄, 내면을 숨긴 광포한 열정!
베르사유 궁전을 휩쓴 겹겹 드레스 자락보다 빠르게
거침없는 욕망으로 휘날립니다

빈방

새가 떠난 방은 비어 있었다.

부스러져가는 책 냄새가 나른한 고양이처럼 늘어져 있을 뿐.

너무 오래전 찾아와 희미해진, 새의 기억, 그 너머를 찾아 떠난다.

맨발에 닿는 버석거림으로

삐꺽거리는 기억의 수레를 끌며.

흩어지는 현기증과, 섞여드는 매화꽃 일렁이는 공간을, 부피도 무게도 벗어가며 걷는 듯 흐른다.

(물소리가 들렸나? 물이 흐르고 있었나?)

이끌리듯 당도한 물가에서 만난 새 한 마리.

수천 년 흐르는 노래를 무표정한 눈에 담고, 시간의 화석이 되어버린 빗살무늬 토기에 남겨진 새.

깊이 없는 기다림으로 새의 노래는 끝이 없어

꼭꼭 찍힌 발자국 위에 떨어진 햇살 한 줌 쥐고 돌아온다.

4월의 어느 날

몸에 밴 습관이 어긋나는 순간, 압착된 틈을 비집고 부─웅
의식이 솟구쳤다

붉은 불빛 소란스레 스며드는 구조 차량에 실려, 가늠할
수 없는 어둠이 흘러갔다

설핏 떠진 눈에
─이슬에 젖은 보봐리 부인의 발등을 닦아주고 싶어
너의 말이 또렷이 떠오르고, 다시 빼꼭하게 차오르는 어둠

두 해 먼저,
흩날리는 꽃비를 맞으며 그림자 세계로 거침없이 흘러간
너! 가끔 이름을 들먹여 기억해달라는 전언인지?

─마지막일 수 있는 순간에 보봐리라니……

폐차장 먹이가 된 승용차처럼, 부스러진 몸으로 허허롭게

웃어보는

꽃발 디딘 봄 햇살이
악기처럼 연주하는 4월이었다

넝쿨, 뿌리 찾아 가는 중

아파트 밀림 건너 숨골처럼 남아 있는 개발제한구역, 유예된 자유가 키우는 잡초와 넝쿨 사이에서 까무룩 잠든 부인을 찾았다 늙은 호박처럼 웅크린 그가 품은 건 주운 액자. 그림 속 풍경은 낡았지만 돋을새김의 음과 양이 여전하다 ㄱ자 살림집과 외양간 달린 헛간에 초가를 얹고 그 사이를 건너가는 호박 넝쿨, 마당엔 수탉 두 마리가 장한 벼슬을 세우고 장독대 맨드라미를 사납게 쪼아댄다 열어놓은 항아리의 묵은장 냄새는 한 가계의 내력을 마당 가득 풀어놓고, 외양간 암소는 순한 눈을 끔벅이며 게으른 평화를 되새김질하고 있다 노부는 넝쿨을 타고 그림 속으로 들어가 익숙한 솜씨로 저녁 준비를 하고 있을지도 모른다

　-아가, 창밖으로 누런 벼가 출렁거리는디, 내 집이, 우리 논배미는 어디 있을거나?

　-가막소 같은 집은 싫어야, 아가, 나 살던 곳으로 보내도라

몇 번이나 같은 상황을 겪은 딸이 평생 가꾼 밭고랑 같은

몸을 쓰다듬어 치매 엄니를 읽고 또 읽는다, 요양원으로 모셔야 한다는 생각에 두 손 흥건히 적셔가며 읽는다

목적이 떠난 자리

무거운 어둠의 자락을 걷고 잠에서 빠져나오다

흠칫, 블라인드 틈새로 들어온 불빛을 엉긴 새털 풀듯 쓰
다듬고 있는 손

건너편 병상, 연일 소동의 중심인 장기 입원 환자시다

─밤새 못 주무셨어요?

대답 없는 물음이 먼지처럼 희뿌옇게 흩어진다

수시로 간병인과 간호사를 다그치는 효성스런 자녀들

언제부턴가

빗물에 오래된 흙담이 쓸리듯 사라지고

점차 홀로라는 한기에 말을 잃어가시는 분

─자녀들이 법적으로 재산권 행사를 위임받았대

─노인네 집도 처분해버려 곧 요양원에 가신다나 봐요

─계획적으로 재산을 노리고 병원에 입원시켰구먼

목적을 채우고 떠나간 자리를

안쓰러운 눈빛과 수런거림으로 채워갈 때
짧게 깎여 푸석거리는 백발은
밤새 어둠을 벗 삼아 무슨 생각을 했을까

혹여, 엉긴 털을 풀고 난 새처럼, 훨훨 날아, 돌아갈 내 집
을 꿈꾸기라도 한 걸까

이별의 배경

색조차 기억나지 않는 이별은 밍밍해서 서럽지 않을 거야

더 이상 찬란해질 수 없는 황금색
속울음 소복하게 내려놓은 은행나무가
살짝 구운 오징어처럼 비틀려가는 계절

그녀와의 이별 시작점이지

얼어붙기 전 남은 햇살을 즐기며 차를 마시던
마지막 그룹이 들어가고
기울어가는 풍광 속에 남겨진 테이블을 배경으로

그녀는 자의(自意)와 이별을 했어

도로변에 위치한 은행나무 담 안쪽의 한 달 반
보살펴주는 손길에도 소소한 한기를 느끼고
길게 자라나는 시간이 더욱 외로움을 키워갔어
비틀려버린 기억에도 아직 존재하는 습관이

−우리 집 가자

천진해져버린 얼굴에 울음기를 머금게 했지

만추를 배경으로 소복하게 쌓여 있는 기억

해마다 이 가을을 어떻게 만나지?

점박이 연두 나비 날다

오래전 타인 명의가 된 전라도 만석꾼 대갓집
쾅!
둘러만 보면 안 되겠냐는 부탁에 매몰차게 문이 닫힌다

다시 찾지 않겠다는 다짐의 가슴골 사이로
사랑채 앞 연못물이 그리움으로 흘러들고,
너희 외삼촌이 납북되지만 않았어도 이 집이……
읊조림이 흘러나간다

높은 누대 위 사랑채를 연모하는 연못가 동백나무
봄마다 붉은 목 뚝뚝 내려놓고,
녹슬어 삭아 내린 철모 사이로
이름 모를 노란 들꽃
해마다 잊지 않고 안부를 묻는데
닫힌 문 너머 바라기로 발을 섞지 못하는 너와 나

그어진 경계에서 외면당하고 돌아온 날
양단 공단 모본단 명주 이리저리 조각조각 사라져도

만석꾼의 마지막 자존심 같아 보관한 좀먹은

연두 본견 저고릿감,

훌훌 날려버렸다

날아라! 점박이 연두 나비, 날아서 자유하라!

보도 위를 구르는 오렌지

그래야 할 것처럼 새벽 두 시에 눈이 떠졌다
숨어든 가로등 불빛으로 덧칠된 방 안은 익숙한 듯 생소
하다
먼 기억의 뭉치에서 구르기 시작하는 무엇,

언 보도 위를 구르는 오렌지 한 알이다

올리브였나? 그레이였을까?
『좁은 문』을 감쌌던 표지의 색상

언 보도 위를 구르는 오렌지 같은 불빛이었다

오렌지…… 아니다, 호박 같은 빛을 내는 낡은 알전구!
아래,
다 잊고 읽자 도망자처럼 밤새워 넘겨지던 책장
다음 날도 그 다음 날도 또 그다음 날도……

언 보도 위를 구르는 오렌지 같은 날들이었다

허옇게 드러낸 이로 밤새 갇힌 바다를 물어뜯던 파도
얇은 벽을 오르내리는 어린 위장의 코골이
대책 없이, 불덩이처럼 불쑥불쑥 솟아오르는 다른 아침들

『좁은 문』이 닳아지고 종적을 감추는 사이,
누군가는 문 뒤로 숨었고
어린 누군가는 좁은 문을 통과하며 자라갔다

이야기

앞, 뒤, 건너편에서, 입에서 귀로, 귀에서 입으로
매미 울음처럼 타전되는 흰 폭력에 시달리다 들어온 날
거실 바닥에 쏟아놓는다, 나를

얼마나 지났을까, 건물 모퉁이를 돌아 사잇길 양편에 흘
린 벚꽃 이파리 밟고, 저녁이 투명한 손에 끌려 기울고 있다

ㅡ많이 외롭구나
버정이는 어둠을 응시하며 바닥에 펼쳐진 내가 벽에 걸린
나에게 말한다
ㅡ나, 이야기하고 싶어

(옛날 묵호에 말이지, 뼈대조차 잿빛으로 말라가는 당집이 있었어
철없는 영험이 뼈대 사이를 오가며 바람 타기에 몰두해도
당 앞 나무는 봄마다 날 세운 꽃향기로 마을을 가두어버렸지
꽃 두 가지를 꺾어 빈병에 꽂은 밤, 잠결에 눈을 떴어
은색 여우 눈초리가 말하는 거야
하찮은 나무라도 신들이 지켜주는 울타리 속에 있다고,
그날 이후 아이는 남들보다 많은 소리를 들을 수 있었지

이젠 동해시로 변한 곳, 전기 톱날이 하얀 속살을 파고들었을 때
꽃나무는 온몸을 비틀며 푸른 피를 쏟았을 터)

밖을 스쳐 지나는 말에 지치고, 누군가의 밖을 지치게 하
고, 갇힌 기억이 내 안의 외로움을 연민하는 오늘,

아이와 꽃나무의 묵언이 기운 저녁 어둠을 환하게 지핀다

폐가

외면하지 못할 일상의 그림자를 떼어내려 공항으로 가는
길. 묶여서 자유롭게 살아가는 것들이 어제 보던 햇살을 맞
으러 제멋대로 키를 세워 일어나고, 초록이 점점이 눈을 비
비는 시간 사이를 달려가다 보았네. 낡은 고요와 늙은 적막
으로 문패를 바꿔 단 집 마당에 꽃숭어리 허옇게 벌어지는
목련! 이상도 하지? 스러져 혼자 서지 못할 사각 옆을 지키
는 건 감나무 배나무 개복숭아 돌배나무여야 하지 않나?

주검을 지키는 상주처럼

죽음보다 먼저 뚝뚝 떨어져 주검이 되어버리는

거둘 게 없으니 더 이상 찾지 말라고
선언처럼 버티고 선

너는 뭐?

폐가를 지켜야 하는 건 열매를 가진 것들이란 확고한 생

각은 어디서 온 것인가? 어항에 금붕어가 살고 있다는 어제의 믿음처럼 자유롭지 못해 묶인 게 아니라 묶여서 자유롭지 못한 생각의 그린벨트 지역을 떠나, 옆에 선다는 건 열매를 보기 위해서가 아니라 서로의 그림자가 되자는 것, 그 자체조차 잊고 날아가는 새가 되자는 것. 모두에게 자유로운 폐가를 위하여!

문, 그리고 문

전철역을 향하다 멈칫한다. 입구가 사라졌다. 신축 중인 역사(驛舍)는 자주 입을 꿰매고 바뀐 입구를 찾다 철로변 무궁화를 보았다. 이 소령네 대문은 자주 위치가 바뀌었다. ─엄마, 왜 대문을 자꾸 바꿔? ─대문 위치가 나빠서 복이 나간대. ─꽃은 복이 나가서 옮겼어? ─대문이 바뀌니까 옮겼지. 뒤란으로 돌아간 계집아이. 무궁화꽃 피는 뒤란 언덕에 버려진 색동 대님을 주우려다 몸이 굳는다. 살아 구불거리는 대님. 그때의 불안은 구불구불 자라나 사기를 당하고, 동네에서 선망받던 빵 공장을 삼키고, 무궁화 꽃숭어리 시푸르게 떨군 집까지 먹어치웠다. 먼지처럼 분분한 어제와 내일을 싣고 달려온 화사가 입을 벌린다. 그때 긴 몸 훌쩍 빠져나간 화사는 어느 문으로 들어갔을까.

이유 모를 충질과 아비규환에서 도망쳤는데요 맨발이네요 무한 앞에
누가 저기 신을 찾아 헤매요 신이 신을 낳고 낳아 내가 바로 그 신이

제2부

주먹섬 주모 주모 주머니를 왼쪽을 막아주는 주머니를 왼쪽을 막아주는
곳까지 신을 찾아 헤매요 왼쪽을 막아주는 여자, 원치 않는 구원들이 나타나 신 찾기를 멈출 수 없게 하네요 메로는 강장에 못단

손을 내미는 청능할 남자 토기에 묻을 뜨라는 여자, 원치 않는 구원들이 나타나 신 찾기를 멈출 수 없게 하네요 메로는 강장에 못단

신을 잃어버렸어요

이유 모를 총질과 아비규환에서 도망쳤는데요 맨발이네요 무한 앞에 방향 잃고 여기-저기 신을 찾아 헤매요 신이 신을 낳고 낳아 내가 바로 그 신이라 나서는 신 많은데 신이 없네요 조악한 모양 싸구려 재질 엉성한 바느질 가짜-모조-짝퉁, 내가 찾는 신은 디자인 재질 바느질이 최상급, 장인이 한 땀 한 땀 만든 유일한 신! 이라니까요 상하지도 더럽혀지지도 않는 발 때문에 해 뜨는 곳에서 해 지는 곳까지 신을 찾아 헤매요 왈패들 왈짜를 막아주는 주막집 주모 추락하려는 절벽에서 손을 내미는 청동 활 남자 토기에 물을 떠주는 여자, 원치 않는 구원들이 나타나 신 찾기를 끝낼 수 없게 하네요 때로는 강풍에 돛단배처럼 휘리릭 대서양으로 나아가고요 때로는 잠자는 지중해 시간에 묶이기도 하고요 중력 잃은 허공에 떠 있기도 하면서 근원에서 황혼토록 신을 찾아 신고-벗고! 드디어 닮은 신을 찾았는데 작아요 신 찾기를 끝내려 꾸-욱 밀어 넣었어요 어, 신이 발에 맞춰 자라나네요 무얼 찾아 헤맨 걸까요? 신에 발만 넣으면 원하는 대로 편하게 맞춰주는 차안(此岸)인데요!

레드 라이딩 후드*

해진 날개를 단 고대의 풍차가 날카롭게 입을 열어 주문을 외운다네

거친 폭풍우 속으로 저주의 붉은 달이 뜨면 해진 날개는 영원히 붉을 늑대 종족의 피를 부른다네

한 번이라도 사람이었던 적 있었나? 사람 아니었던 적 있었나요?

사람 껍질을 쓰면 다 사람인가? 사람 속에 어울려 살면 사람이지요

폭풍에 밀려온 달빛이, 빛이 닿은 적 없는 골짜기 동굴에 걸리면 늑대 사람은 그의 말을 알아듣는 여인과 사랑을 나눠야 한다네

―붉은 늑대는 얼마나 붉은가요? ―설원 위에 피어난 선혈 같은 색이지

―붉은 늑대는 토끼의 간처럼 붉은가요? ―너의 입술처럼 불타는 색이지

한 존재의 핵 속에 씻어지지 않을 종(種)의 DNA가 새겨질 거라네

그네의 몸속으로, 작은 씨앗 속으로 짐승의 생애가 흐르게 될 거라네

－너무 두려워 몸이 떨려요, 내가 왜 이 어둠의 동굴 안에 있는 거죠?

－이야기를 나누는 친절한 당신은 누구인가요? 두 눈 가득 담긴 당신의 슬픈 표정은 뭐죠?

저주의 붉은 보름달이 뜨는 밤, 고대의 늑대는 누군가를 물어야 한다네

폭풍우 속, 붉은 늑대의 신비한 핏줄은 이어져가야 한다네

* 레드 라이딩 후드 : 캐서린 하드윅 감독의 영화 제목.

가방의 신전

머물렀던 흔적을 지우려 탈색된 기억이 펑펑 찢겨 내린다
기차가 섰던 자리는 곧 사라질 거다―언제나 그랬듯이

그거 네 가방이니?
네.
나무 창틀을 핥던 냉기가 오소소 몸을 떨고
바들거리는 불안을 삼키며 소년이 대답한다
그래?
역무원의 눈길에 의혹이 벌레처럼 바글거린다

클래식한 이별의 정석을 외치며 기차가 떠나간다

가방은, 빛은 빛의 위로 날아가게 하고 어둠은
어둠 아래로만 흐르게 하는, 안일 수도
밖일 수도, 아니 어디에도 속할 수 없는 경계이다

가방은, 누대로부터 숨겨져 내려온 고귀한 혈통
첫사랑에 눈먼 소년들이 대를 이어 지켜가는 고귀한 핏줄

사라질 것들의 피로 영원히 사라지지 않을 불 꺼진 제단
이다

역무원이 떠나자 안심하라는 듯 가방을 토닥이는 소년

가방 안에선 수천 인간의 당혹과 공포를 마신 천진한 얼굴,
시장기를 느낀 소녀의 긴 송곳니가 창백하게 깨어나고
있다

자동차 불빛이 할퀴어낸 어둠 사이로 폭설이 쏟아지고
지워야 할 흔적을 남기려 누군가가 찾아든다―언제나 그
랬듯이

중독, 그치지 않는

파이를 먹어봐요, 갓 구워 육즙이 촉촉한

순결한 신부 맛이 있어요, 푸석푸석한 성직자 맛이 있구요
손만 대도 기름이 줄줄 흐르는 양치기 맛에 창자까지 썩은
관리 맛도 있어요 그린색 감도는 식료품 업자 맛은 어때요?

파이를 먹어봐요, 일류 '이발사'가 손질한

거품 이는 턱을 세세하게 밀고 여자들이 반할 만한 향수를
부드럽게 바르지요 온몸이 만족으로 나른해져갈 때,
목을 따라 도는 빛 날, 스어걱

파이를 먹어봐요, 비쩍 마른 고양이 고기완 비교할 수 없는

오 분 전 키스를 나누던 입술
바삐 뛰어간 친구의 다리 살
목욕탕에서 밀어주던 이웃의 등
재판정에서 망치를 치던 판사의 뱃살

살아 있는 재료들이 어우러져 곱게 갈린 매혹적인 맛,

파이를 먹어봐요

한번 맛보면 제 살을 갈아서라도 계속 먹고 싶어질 파이를,

안개에 부치는 에피소드 셋

낙뢰가 지나자 어깨가 기운다 뒤이을 뇌성에 미리 고개
숙인다 기우는 게 천재라는 아무씨, 한쪽 다리 힘을 빼자 급
격히 쏠린다 천재─천재가 되어가는─천재적 기울기가 만
들어졌다 계속 기울어 하늘을 밟고 걷겠다 괜스레 주변을
맴도는 너보다 질기게 찬손 내미는 당신과 쏟아져 내리겠다

안개가 자지러지게 귓바퀴를 깨무는 날, 귀를 지우고 입
을 지우고 다리를 지운 채 점령당한 도시란 사실이 사실이
란 사실조차 고뇌하게 만들지 젖은 천처럼 풀리는 이성이,
오감이 느끼는 짜릿한 감촉, 붉게 튀는 장미 향에 집착하지
이런 날은 친절한 웃음으로 다가오는 사람을 경계해야 돼

지리산 노고단에서 순식간에 계곡 가득 차오르는 안개를
만났다 호렙산 모세처럼 신의 계시를 받들듯 이끌려갔지 새
끼줄인지인지 독사인지 모른 채……

자라나는 바람

잠이 들었나, 꿈이었을까? 이 세계에서 저 세계로 들었다 하네. 아직 아무것도 결정된 게 없고 무엇이나 가능했다고 하네. 태초의 영혼인가 최초의 사람인가? 밭을 매는 사람이 있었다 하네. 무대에 서는 배우처럼 자연스레 그곳에서 함께 밭을 맸다 하네. 무질서한 바람에 날리는 질서정연한 책갈피를 탔다 하네. 낮과 밤이 잠두콩 모양 말랑한 순환을 하고 어린 나무가 오래된 나무에 기대어 노래하고 커다란 잎새가 몸을 좁혀 어린 잎새의 자리를 만들고 꽃과 잡초가 어우러지는 들판을 지나 넝쿨 무성한 입구를 가진 깊은 숲속을 들여다보고 왔다네. 이곳이 그곳일까? 판 초콜릿처럼 구획을 나눠 푯말이 꽂힌 화단. 작고 앙증맞은 꽃들이 줄을 맞춰 심겨진 성벽처럼 높고 견고한 화단. 마음대로 오를 수도 만질 수도 없이 눈 돌리는 곳마다 들어서버리는 화단. 어리둥절한 의문이 서성이는 태초를 상실해버린 화단.

오늘도 화단은 끝없이 이어지고 누구나 화단 하나쯤은 가지고(가지려 하고) 있다 하네.

무얼 보았나?

어느 시간 밖의 일이었는지 안의 일이었는지 모르네 문
안으로 들어가려 했는지 벗어나려 했는지 옮겨졌는지 찾아
갔는지 모른 채 숲속을 헤맸네 **무얼 보았나?** 귀가 떨어지고
목이 꺾이거나 부러진 팔로 반쯤 묻힌 채 드러누운 신상(神
像)을 보았네 **신을 기대하나?** 기대란 일어나지 않을 일 멀
고 먼 일에 대한 앞선 걱정이거나 환영을 쫓아 산으로 오르
는 돛배의 행운을 비는 짓이라 생각하네 **어째서?** 우리는 우
리의 모든 것이 자신의 책 안에서 정당성을 갖는다*고 생각
하기 때문이네 **그래서?** 신은 자의로 움직이지 않는다네 인
간이 신의 정당성을 만들어놓고 신의 선의는 그 책 안에서
예측할 수 없는 방향으로 튀어 결정되겠지 결국 신이 사람
을 세우는 게 아니라 사람이 자신의 책 안에서 신을 일으켜
세우는 게 아닌가 생각하네

그게 다인가? 헤매다 지쳤을 때 수직으로 잘린 산이 있더
군 산 중턱 움푹 팬 곳에서 자궁 안 태아를 보았네 따라서
웅크리니 따뜻하고 안온하고 편안해져 그대로 있고 싶어졌

다네 그 후의 일은 기억이 없다네

* 우리는 우리의 모든 것이 자신의 책 안에서 정당성을 갖는다 : 보르헤
스의 「문턱의 남자」에서 인용.

비상, 활짝 피는 붉음

공룡 고기를 물고 지글지글 숯불 위를 건너는 집게와 가위의 설익음, 붉다

하루를 위해 검은 웅덩이를 건너는 하얀 맨발의 맥박 소리, 붉다

녹슨 바다를 건너며 거미가 뽑아내는 로드맵, 붉다

손목을 잡아—끌어 학교로 돌려보낸 아버지
흐린 불빛 정류장에
손목을 먹고 자란 죄의식이 무성하게 자라난 거,

불완전한 언어—출렁이는 언어—건너뛸 수 없는 언어
돌아가고 싶었어요,
둥글게 몸을 말아 따스한 근원으로,

좌—악 펼쳐진 바닥을 향해 비상, 비상하다
기다리지 마세요,

아버지를 위해 돌아올 공룡을 멸종시켰어요

고요히 치러지는 진흙의 화형식, 태어나지 못할 메아리,
붉다

기다리는 인류는 올 것인가? 발치에 쌓이는 손목, 붉다

무궁화꽃이 피었습니다, 무궁화꽃이……

찻물이 끓을 동안 정원이 보이는 이 소파에 앉아요
창 너머로 목매달기 알맞은 감나무가 보이지요?
종종 매달린 사체를 만지다 날아 들어온 바람,
사과 깎는 칼날에 스어~걱 베이기도 한답니다

무궁화꽃이 피었습니다, 무궁화……

여러 사람의 기척과 흔적이 느껴진다구요?
홀로 사는 집이에요, 신경 쓰지 마시고
따끈한 민트차와 잘 익은 파이 한 조각 드세요
사과와 함께 오도독 씹히는 어린 뼈가 아주 고소하답니다

무궁화꽃이 피었습니다, 무궁화……

바닥에 주르르 흘러내린 묶을 수 없는 검붉은 리본과
벽지에 튀긴, 피가, 낙화하는 꽃잎처럼 화려하지요?
벽지 속을 날다 벽지 밖으로 빙글빙글 퍼져가는 날벌레의

군무, 나비의 건조한 날갯짓보다 황홀하답니다

　무궁화꽃이 피었습니다, 무궁화꽃이 피었……

　술래의 노래가 들린다구요? 당신의 차례가 되었군요
　우리 집에 잘 왔어요, 시간이 경계 잃고 떠도는
　조용한 우리 집, 조용한 우리 집,

충동, 고양이 하품같이

손가락이 콧등을 지나 머리통을 헤집고 등뼈를 훑는 동안
눈을 감고 고롱고롱 앓는 소리를 흘린다
입 주변을 톡톡 두드리자 좌아~악 벌어지는 아가리, 속,
아르르 떨리는 벌건 목젖과 번득이는 송곳니

만족에 겨워 길게 배를 늘이는 놈의 미간에 여자가 입술
을 비빈다

무심하게 그 모습을 주시하는 시선,
길들여진 가죽 가방 모서리를 훑으며 그녀의 입속에 갇혀
수줍게 떨고 있을 붉은 혓바닥을 상상한다

내면, 안개의 퇴적층에서 부식하는 종소리가 몸을 일으
킨다

 −이건 나를 향한 메시지다, 자신도 이렇게 해달라는!

고양이 같은 그녀를 편안하게 안아주고 싶다

갇힌 혀를 꺼내어 풀어주고, 온몸을 훑어가며……

남자의 본능이 나뭇잎을 향해 기는 배고픈 애벌레처럼 불뚝거린다

무언가 불편한 시선에 여자가 일어선다

'펫 카페'를 나서는 여자의 뒤를 따르는 남자,

그의 눈 속에 또 하나의 컬렉션이 진한 벌꿀빛으로 담긴다

문신 1

요트의 모터 소리가 점점 크게 들리고 저벅거리는 발소리,
가리지 못한 알몸뚱이가 허옇게 소스라친다

하루에도 몇 번씩,
보이지 않는 힘에 끌려 바다를 맴돌다 오는 사내,
뿜어내는 지독한 갈증이 맹독처럼 피부를 파고든다
온몸 구석구석 샅샅이 핥아대던 시선
이윽고, 연장을 꺼내든다

벌써 몇 달째,
여자는 의지와 상관없이 그에게 사로잡힌 포로,
철제 의자에 결박당한 채 희롱당하며 수치심도 잃어간다
부드러웠다 미친 듯 격해지는 동작과 도구들의 마찰
이젠, 은밀한 즐거움으로 변해간다

싫증이 난 걸까,
내려진 여자 대신 새로운 포로가 차지한 의자,
새 포로에 열중한 그는 더 이상 시선을 주지 않는다

거울이 보여주는 색색의 문신 밑으로 또 다른 두려움이
얼음장 같은 손을 뻗어온다

시계는 안녕하신가요?

또각 · 또각 머리를 파들대는 붉은 초침이 이 개월째,
협탁 위 노란 부리 도날드 덕 시계는 오늘도 달린다
흐름과 고임의 가변 경계는 여섯 시 일 분 전,

당신의 시간은 살아 있나요? 아니면……

절정을 향한 몸부림이 세차게 머리칼을 흩뿌리고
연속 터지는 폭발음에 날카로운 유리 파편이 튄다
아들 손을 잡은 아버지, 시누이를 끌고 나온 올케
함께 자던 손녀를 두고 나온 할머니
이십삼 년의 족적이 거대한 그림자에 휘감긴 밤,
세상 밖으로 걸어 나가 비어버린 그들 눈 속에
벌건 불꽃이 일렁인다

당신의 시간은 살아 있나요? 아니면……

말을 버리고 눈길을 내리고 마른 대궁이 되어가는 동안
달은 부패하고 있었다

웅덩이를 빙빙 도는 상한 오렌지

당신의 시간은 아직 살아 있나요? 아니면……

생의 붉은 내벽에 걸려 있는 당신에게, 노란 부리
도날드 덕이 묻는다

사제 폭탄

처음 오 초, 십 초 간격으로 울리는 소리에 아무도 신경 쓰지 않았다

밀폐된 공간에 경고하듯 가파른 벨소리가 계속되자 스프 링클러처럼 불안이 작동하기 시작한다

영문을 알 수 없어 긴장하는 시선들이 마주치다 흩어지고 누구부터인지 옆 사람과 확인하듯 소지품을 점검한다

작달막하지만 단단한 골격을 가진 베이지색 잠바가 나선다 ─어디서 소리가 나는 것 같습니까?

머뭇대던 손가락들이 한 방향을 향한다

베이지 남자가 움직인다, 청년 하나가 따라 나선다 지목된 방향 일곱 사람이 차례로 게임기, MP3, 공학계산 기 등 소지품을 꺼내 설명한다

웃자라는 두려움에 천장 불빛도 허옇게 팽창한다

차례가 된 오십 대 후반 남자가 벌떡 일어선다

수십 쌍의 눈알이 더그러럭 몰리며 그의 행동을 주시한다
일순간 멈칫거리던 남자, 날 선 시선의 포위망을 뚫고 순
간 열리는 지하철 문으로 뛰쳐나간다

생사를 가늠해보았을 승객들, 어이없어 바라보다, 한참을
바라보다, 안도하며 눈길을 돌린다

(영등포, 강남터미널에서 사제폭탄이 터진 다음 날 일이
다)

키로키 바(Bar) 가는 길을 아세요?

  창백하게 식어가는 햇살의 부스러기마다 붉어진 음률이
터져 나와 우주 가득 언어를 풀어놓는다

  한 사람이 다가와 차비를 빌릴 수 없냐고 묻는다
  또 한 사람이 키로키 바(Bar) 가는 길을 아느냐고 묻는다
  또 한 사람이 한 사람을 붙들고 네팔에서 두 아이를 돌봐
주던 친정엄마가 죽었다고 운다
  또 한 사람이 여름인데 나만 왜 겨울에 남아 있지? 의문
스런 얼굴이다
  또 한 사람이 시간이 그림자를 끌고 느리게 지나간다고
말한다

  항상 찾아오는 황혼이지만, 황혼은 아픈 개와 같다, 후미
진 골목에 숨어들 자리를 찾는 한 마리 개

  또 한 사람이 도처에 살의가 흐르고 시취가 난다고 킁킁
댄다
  또 한 사람이 먼저 택시를 타도 되냐고 묻는다

또 한 사람이 보이지 않는 흉터는 누구나 가지고 있다며
위로한다

또 한 사람이 아내의 냉기만 가득한 집에 들어가기 싫다
고 훌쩍인다

또 한 사람이 모텔로 가줄 여자를 알고 있다고 속닥인다

성큼성큼 어둠이 들어찬다

기성세대가 가꿔온 세상을 젊은이들이 아무런 거리낌 없
이 빠르게 차지해 나가는 것처럼

무제

　목덜미까지 꽉 잠긴 정장에 깍듯한 예절로 무장하고 장미
문양 찍힌 고풍스런 편지지를 건네준 너.

　타인의 존재가 거침없이 범람하는 계절에
　네 속에 난 길을 가늠해보려 문자의 미로 속을 헤맨다.

　장미 향에 취한 혼몽한 발걸음이 어귀마다 출구를 잃는다.

　이 세상에서 사라질 너의 종족과 이 세상에 존재해야 할
너의 시간을 받아들일 수 있을까
　견딜 수 없는 욕망과 닿을 수 없는 갈망 사이에서 걸어야
하는 길은?

　편지를 쥔 손이 말라비틀어져가고, 장미목 나무관은 촘촘
한 어둠의 무게를 견디며 삭아가고, 신선한 식사를 찾지 못해
부패한 짐승의 피 맛에 길들여지며 공존해가야 할 시간들.

　습관처럼 웅크린 인류애로 미로를 풀어보려 해도 또렷한
출구를 찾을 수 없는 나.

제3부

들끓는 빨강에 대한 변명

새로울 것 없는 해 아래 사막 모래로 집 짓자는 인간 이야기야 와자하게 들끓는 뒤풀이에 묵은지 갈비찜보다 더 벌겋게 침 튀기는 이야기지

시집 해설서 청탁이 왔어 오랜만에 언터처블에서 온 청탁이라 꼼꼼하게 원고를 읽고 전화**했지** 언터처블이라 높은 기대로 거듭 세 번 읽었습니다. 마는, 아무것도 잡을 게 없네요! **했지** 아, 그게 말이야, 전 집행부가 내주기로 했는데 미루고 미루다 더 미룰 수 없게 돼서 말이야……. 저에게는 어쩔 수 없이 밀려나는 원고만 줍니까? **했지.** 아, 고까워 말고 언터처블 청탁에 원고료도 같은데 뭘 그러나. 삼류에게도 진정성이라는 게 있잖은가, 진정성! 그걸 좀 찾아 써달라는 거지

썼는지 안 썼는지 알 수 없는 이야기야 언터처블을 터처블해보려 아우성치는 인간 이야기야 졸아가는 묵은지 갈비찜보다 더 가슴 바작거리는 이야기지

장미여관

제 몸이 나누어준 열기에 곁불 쬐려 태양이 내려오네

푸른 장화 깊숙이 꼼지락거리는 발가락
허옇게 메마른 뼈에 삐거덕 삐걱 붉은 물 차오른다

틱톡-틱톡, 제자리를 도는 시계가 주인인 한갓진 주택가
장미여관

나른한 만족을 빨며 낮 손님 나가신다
아이보리 원피스가 보이고 도트 무늬 코트가 뒤따르네
레이스 재킷에 붉은 바지 연인, 보라는 듯 팔짱을 끼었군

귀를 맞대고 엉덩이 비비대며 겹겹 밀어 끌어안고 돌아가
는 방,
한 달에 한두 번 바람난 비행기 머리 위로 날아가면
불온한 꽃잎처럼 화르르 휘날리는 소문 분분.

'아름다운 여왕이 딸을 낳자 여왕의 남편들이 서로를 죽

였다네.'

'여왕이 살해되자 폭군이 공주를 차지했다는군'

경중경중 그루브 타고 무대를 휘어잡는 붉은 정장 사내
들,

에브리바디 일어서서~~ 소리 질러~~~

만개한 꽃숭어리, 가슴에서 bounce-bounce, 장미여관

창틀에 놓인 화분

그때, 계단은 부드럽게 흘러내리고
넘친다는 생각이 들지 않는 빛과
무엇도 부족하다는 마음이 들지 않는 편안함으로
서류를 들고 내려가고 있었어

그 화분!

층과 층을 잇는 계단참 창틀에 놓여 있던

무심히 내려가던 발걸음을 돌려세운

저 화분!

아담한 꽃을 심고 물을 주고 속삭이고 사랑했는데……

아침햇살에 부서지던 푸른 잎의 물방울
비밀스런 눈짓처럼 자라던 꽃대

아기 발자국처럼 자분자분 콧속으로 걸어 들던 향기

소문이 지나간 자리처럼 모두 벗어버리고
표정도 비우고 바삭한 줄기 몇 점 세우고 있네

시선 속에 갇혀 있다 시선에서 소외된
누군지 모를 이의 손에 들려 옮겨져

다시 돌아오지 않을 해탈 앞에 서 있네

살아 있는 방

내 방으로 너를 초대했어 우린 노래를 부르며 들어섰지
바닥엔 따뜻한 물이 찰박거리고 벽을 따라 난 홈으로 물
이 흘러들고 흘러나가고 있었어

그때 나는 왜 양수를 생각했을까

분명 내 방인데 목욕탕 닮아 낯설어진 방이야
스스로 변했을까 누군가 감쪽같이 바꿔버린 걸까
놀라는 사이 너는 사라졌고 문이 지워졌어
갇힌 게 두려웠지만 공포보다 의구심이 더 컸지

둘러본 방 안엔 서랍장과 책상이 하나씩 있었어
서랍을 열자 잘 정돈된 옷 갈피에서 싱싱한 물고기가 튀
어나오고,
바닥에서 홈에서 보이는 모든 곳에서 팔딱거리며 튀고 헤
엄치고 있었어

생명 없이 팔팔한 물고기, 부피 없이 선으로 이루어진.

살기 위해 변화했을까

한 폭 그림 속일까

물을 피해 책상 위에 앉으려다 펜과 메모지를 보고 기쁘다는 생각을 했어

그 상황에서 생각?

그래 생각했어!

나갈 수 있을까, 물고기처럼 변화되어 살아가게 될까, 마지막 편지를 남기게 될지도 몰라, 아니 벌써 변하고 있는 건지도.

다행인 건 비린내가 나지 않고 따뜻하고 환기가 되고 있다는 거야

그런데 사라진 너는 어디 있는 거니? 내가 너인 거니?

새와 장미와 메론

새가 운다, 노란 새가 운다고 생각한다

새를 찾아 색 바랜 장미에 물뿌리개로 물을 주다, 꽃이 시
드는 게 아니라 가시가 무성해지는 거라 말한다

법원 후문, 비스듬히 선 이동문서파쇄서비스 차량 아가리
가 쉴 새 없이 먹이를 끌어넣는다
숨겨진 진실이 아가리에서 바람처럼 날려 어떤 흉터 위에
진물처럼 흐를 수도 있겠다
인부 넷의 목젖에서 긴 혀가 기어 나와 땀방울을 핥는다

새가 우는데 혀가 보이지 않는다

새를 부르려 입술을 움찔거리다 어떤 예감을 만난다
두런두런 혼자 구르는 멜론 한 덩이, 과도가 조각낸 연한
살을 씹다 알알 탱탱 숨겨진 흉터를 뱉어낸다. 색 바랜 장미
향이 맡아진다

노란 새가 운다, 메론 메론

새는 시든 장미가 되어서 울고 멜론은 새가 되려고 운다

원의 경로

삐끗, 왼발이 쏠리자 어그러진 원의 중심으로 우주가 쏟아진다

로마네스크 문양 카펫 위로 홍조 띤 파동이 깃털처럼 일고, 선잠 깬 고양이가 아가리 속 송곳니를 내보인다

일탈하는 원 하나를 주워 스커트에 슥슥 닦고 양손에 힘을 준다
쩌 억,
앙다문 우주의 입술이 벌어진다

사과를 먹는다는 건 태초를 먹는 일, 안과 밖의 색이 다른 거짓을 먹는 일, 거짓인 줄 알면서 끊임없이 유혹에 빠지는 일, 여기저기 구르며 불순에 접붙이는 일, 겉과 속이 같은 종(種)을 숭배하게 되는 일

사각사각, 한입 크게 거짓을 베어 문다
원이 남긴 싱싱한 자궁이 내일로 굴러간다

사과를 위한 변명

저무는 9월 사과밭에 등불이 내걸렸다, 타닥타닥 타오르는 불빛—멜로디

흐르는 향기와 멜로디 따라 인사동을 헤맨다 사각틀에 담겨 낮은 조명 아래 진열된 사과, 사과는 탐색하는 시선 앞에 어쩔 줄 몰라 붉게 두근거리거나 새파랗게 질려 있다 크게 베어 문 사과 심만 남은 사과 반으로 쪼개진 사과 앞을 지나가다 누군가의 전화를 받는다 사과 씨와 화해했다며? 축하해. 언제 다툰 적 있었나? 자기식의 화해지. 느닷없이 달려들어 해치우는 섹스처럼 제 요구만 요란하다 끊었을 뿐. 사과는 속살을 보이지 않았다 심방 소리도 들려주지 않았고 검은 씨도 뱉지 않았다 멜로디가 사라진다 두 개 세 개…… 주워 담을 수 없는 사과들이 무더기로 떠다닌다 목젖이 꽉 차오른다 따끔따끔 물집 잡히는 발가락이 통증을 감싸 안는다

저무는 4월 사과밭에 등불이 내걸렸다, 허옇게 번지는 멜로디를 제 몸으로 받아들이는 나무.

고흐에게 쓰다

고흐가
〈수확하는 사람〉을 그리며 테오에게 보낸 편지다, −뙤약볕
에서 온 힘을 다해 일하고 있는 흐릿한 인물에서 나는 죽음
의 이미지를 발견한다 그러나 이 죽음 속에 슬픔은 없다. 태
양이 모든 것을 순수한 황금빛으로 물들이는 환한 대낮에
발생한 죽음이기 때문이다 (……) 나의 이성은 그 안에 반쯤
잠겨 침몰했다

일상과 작품의 흐릿한 경계에서 나는 그의 영혼을 만나곤
한다, 신선한 오렌지 빛깔 샛노란 의자에 앉거나 여린 은행
잎 빛 녹색 베개와 갓 시친 이불을 덮으며 그의 숨소리를 듣
는다, 그의 해바라기를 만난다, 추분 지난 강화 들판을 지
나다 숨이 막힌다, 오후 3시 날 선 광선 아래 드러난 숨죽인
황금빛에서 그의 타는 계절을 본 것이다, 한적한 도로에 차
를 세우고 나는 허공에 쓴다

−허락도 없이 당신을 불러 곁에 서봅니다, 내가 본 게 무
엇인 줄 아세요? 이차선 도로 양편을 점령하고 끝없이 펼쳐

져 있는 나락들입니다 널어놓은 고추의 행군입니다 거대한
심장으로 붉은 펌프질이 시작되자 모래 깊숙이 피가 돌기
시작합니다, 드디어는 사막이 통째로 눈을 뜨고 일시에 숨
을 토하는군요, 내 기나긴 어둠도 이제야 숨을 토하는군요
보세요, 이 장엄하고 벅찬 생명의 행렬을, 꼬리를 잇는 죽음
의 운구를!

* 『반 고흐, 영혼의 편지』 참조.

태양을 숨겨-버린 남자

사랑하는 자에게 잠을 주신다? 손가락 키스로 날려버린다

어둠을 먹어 자라는 바다에 낚싯대를 던진다
살찐 양이 올라오고, 소멸을 다짐하는 별이, 태어나고픈
내가 잡힌다

잠깐! 밤새 뜯을 만한 대어가 물린 느낌,

불면이 준 보람일까? 〈바닷가의 수도승〉*이 낚였다

화면 가득 뻑뻑한 회청색 구름 속에 태양을 숨겨-버린
남자
차안(此岸)과 피안(彼岸) 사이, 신과 성찰 사이에서
신이 아님을 견딜 수 없어
두 개의 선과 한 점 티끌로 무지한 고요에 대항한다

무겁게 매달린 장식을 하나하나 떼어내자!

눈꺼풀이 잘려나간 느낌—클라이스트

폭풍우의 생명이라도 느끼고 싶다—귀부인,

우울한 내면의 거대한 분출, 장엄한 자연미라는—각양각
색 비늘들.

대어를 해부하는 왜소한 남자 등에서 밤이 가벼워간다

* 〈바닷가의 수도승〉 : 카스파 다비드 프리드리히의 그림. 발트해 뤼겐
  섬이 배경.

제인의 코르셋과 만나는 밤

분위기에 휩쓸려 마신 술이 혼절할 듯 숨통을 죄어오고
조금씩, 조금씩 왜곡된 영역 속으로 휘어가는 온몸의 감각
을, 엉덩이에 닿는 스텐 의자의 차가운 감촉과 냉철을 지키
려는 오성의 노력으로 빠져나오길 바라며 목적 없는 시선을
길 건너 대학 후문에 두었지

가로등 불빛이 비바람에 꽃비처럼 쉴 새 없이 흩날리고,
내려쌓이는 꽃 무덤에서 흰 꽃송이가 피어올라 한 땀 한 땀
수의로 엮어져가는 걸 바라보다, 결혼식 날, 속은 게 분해
부케를 화관을 드레스를 속치마를 벗어던지고 코르셋만 입
고 선 제인을 떠올렸지

미리 알아도 분했을 거야 제인, 잿빛으로 변해가는 심장
왼편에 로체스터라는 이름을 코르셋으로 꽈악~ 꽉 조이고,
색깔 잃어가는 운무처럼 떠나려 했을 거야, 그의 곁에서 상
처의 아이를 낳고 생애를 흘려보내는 건 떠난다는 문제보다
더 숨 막히는 고통이거든, 잊을 수 있을 거야

첫사랑의 임종을 지키는 동안 낡은 코르셋처럼 도로에 차

들이 헐거워지고 몇 번이나 옮겨 앉은 엉덩이가 따뜻해지고
발바닥에 단단한 현실이 밟혀오는군 이제 헤어져야겠다 안
녕, 제인!

도대체 뭐란 말인가?

묵은 신문지 같은 하늘이 뭉개져 내리고, 그 틈새로 찐득한 시거 냄새가 배어날 것 같다고 인텔리겐차 인텔리겐찌야 도스토옙스키 혁명 전복……을 떠올릴 필요는 없는 거다

정동길, 생각하는 사람이 팽팽 소리를 지르며 팽창한다

턱이 뾰족한 청년이 제인 에어 포스터를 보며 씨네큐브 앞을 서성인다, 닿지 않는 바닥을 향해 종일 망치질해대는 사람의 화두는 무엇일까 누군가는 광화문 대형 문고 글판에 눈을 두고 있다

─별안간 꽃이 사고 싶다, 꽃을 안 사면 무엇을 산단 말인가?

군화 소리 요란하게 빗방울이 진격해 온다

우산을 든 여학생이 편의점에서 나오고 하늘, 작은 창에 해바라기 세 송이 피어오른다

오드리 헵번에게서 우주를 봤다는 카쉬, 사진전을 하고 있다

두 사람의 행인이 눈썹 없는 빌딩에 물폭탄을 맞는다

적선동, 이 층 카페에 앉자 창 너머로 폐비닐 조형물이 보인다

조형물인 줄 알았던 비닐 더미 속에 쪼그라진 노점상 얼굴이 보인다고 인텔리겐차 인텔리겐찌야 체 게바라 윤동주 이상 해방······을 떠올리지 않을 이유도 없는 거다

웰빙 프로그램

성범죄자에게 전자 발찌를 채우고 화학적 거세를 논하고, 강력범과 살인자 DNA 영구 보존을 논하는 현실 자체가 연재 스릴러물이다

모집합니다

한여름 밤 웰빙 호러를 경험하고 싶으신 개인 및 그룹, 특히 가족 단위 환영합니다

〈프로그램〉

이른 저녁 : 감자밥, 호박잎 막장 쌈, 노가리 조림, 오징어
　　　　　　젓갈, 열무김치

관　　　람 : 사범인 방앗간 셋째 오빠와 단원들의 태권도
　　　　　　시범(몇 가지 기본 동작 배워보세요)
　　　　　　맹호부대로 월남전에 참전했던 노장 경태님
　　　　　　무용담

사전 준비 : 1) 웃자란 쑥대와 명아주 베어 모깃불 놓기

2) 흐려가는 수은 보안등 주변에 덕석 펴기

오락 주제 : 전설 따라 삼천리

특　　강 : 천곡동 덕이 언니의 귀신 구별법 세 가지

　　　　　(부제 : 세상 밖을 떠돌며 사는 것들)

간　　식 : 삶은 감자와 옥수수, 승지골 자두, 반건조 오

　　　　　징어구이

샤　　워 : 달빛이 희뿌옇게 배설한 앞도랑(위쪽 여자,

　　　　　아래쪽 남자)

장　　소 : 묵호읍 부곡리 폐쇄된 제철소

　　　　　(한밤 육중하게 녹슬어가는 용광로와 침울한

　　　　　부속 건물들이 발산하는 분위기는~ 흐흐흐)

시　　간 : 글쎄, 그게 언제였더라,

※**참 고** : 가족 이웃 친척 남녀노소 함께해도 폭력, 성폭
행 절대 없음

카르페 디엠*

피곤으로 절럭거리는 구두 뒤축에 말라빠진 해가 밟힌다

오늘의 일과를 끝내려 합니다,
모두들 무채색 허기가 기다리는 곳으로 떠나주세요

어제가 새롭습니까, 내일이 달랐었습니까

아침이 아침을 낳는 타성을, 새로움이 존재했었던, 하던,
하는, 거라 믿는 건 아니시겠죠? 그까짓 희망 따윈 버려주
세요

안경을 밀어 올리며 계절 지난 잡지 너머, 평생 가꿔온 길이
어처구니없이 시시하다는 걸 깨닫는 겁니다
누군가 부추기면 음악 소리 요란한 술집으로 몰려가는 겁
니다
구두 뒤축에 끌리는 생각처럼 일어섰다 스러지고, 세웠다
구겨지는 겁니다, 박힌 못처럼 홀로 부식하고 헐거워가는
겁니다

눈앞으로 스쳐가는 삶을 묵묵히 바라봐주는 겁니다

억울해하지 말고 입을 열 수 있을 때 작별의 손을 흔들어 두는 겁니다

붉게, 잿빛과 보라색으로 몸체를 불려가던 하늘이 경계를 잃는다

* 카르페 디엠 : '이 순간에 충실하라'는 뜻의 라틴어.

아담의 성기

샤워하고 나오는 그에게 내가 한 부탁은 어려운 게 아니다

오른발 앞부분으로 낮은 화장대 의자를 딛고 무릎을 굽혀
봐라
왼팔은 가슴을 지나 오른쪽 굽힌 무릎을 잡고 왼쪽 얼굴
을 어깨에 기대라, 오른팔은 집게손가락만 펴서 내려트리고
그 자세로 잠시 서 있어달라는 것뿐

지옥 입구에 서 있으라는 게 아니다
집게손가락으로 신의 영감을 받으라는 것도,
고통과 고뇌 어린 미묘한 표정을 표현해보라는 것도,
온몸에 힘을 줘 터질 듯한 근육을 만들라는 것도 아니다

─그만 버티고 로댕 조각전에서 본 〈아담〉 포즈 좀 취해
주라

로댕의 조각 '아담'의 자세로 서면
오른쪽 사타구니 위쪽에 성기가 놓이는지 확인해보고 싶
을 뿐이다

제4부

남은 2초

육차선 도로 초록 신호등은 눈금이 두 개 남았다

늦었다, 단념하는 순간 건널목 중간쯤을 절름거리는
방패막이가 보인다, 나는 선두를 제치는 단거리 주자처럼
뛴다, 결승점을 서너 발짝 앞두고 신호가 바뀐다
나의 방패는 저만치 선전 중
그때 보았다
내 발꿈치를 지켜보는 그의 날카로운 침묵을,
문득 사위가 고요하게 가라앉는다
기다리는 자동차 행렬이 눈빛을 번득이며
두 사람의 경주를 지켜보고 있다

행복부동산 지나 초원미용실 끼고 빠르게 접어든 골목길
파란 대문 앞, 입 터진 고무 다라이 가득하게
불에 덴 듯 접시꽃이 벌겋다

물박물관에서 물을 주지 않는다

자-자-자, 무슨 일이 있었는지 아득한 옆얼굴 보이지
말고 말을 해봐요, 낯선 곳에서 훌훌 털어놔요

기억 범주 안에 모든 것이던 그분을 놓아버렸어요

정물화 속 그림처럼 시간이 증발해버려요
움푹 파인 가슴에서 기억들이, 기억들이 느릿느릿 흩어져요
허방 같은 내장이 온몸을 친친 감고 삼키려 들어요

할 일이, 아니죠, 할 수 있는 일이, 이것도 아니죠, 할 줄
아는 일이……

눈만 뜨면 걸었어요, 서 있지 않았어요, 계속 걸었어요
마음 없는 몸! 그 마음 없는 몸 말이에요

혓바닥이, 다리가, 노랗게 뒤틀거리며 돌고, 돌고, 돌고
40년 만에 찾아온 폭발할 것 같은 폭염의 폭염이죠

어둠이 집어삼킨 물박물관을 찾았어요

입구를 서성이다 장식 항아리 꼭지를 돌리자 물이 나와요

망설였죠, 마셔도 괜찮을까? 썩지 않았을까?

손을 씻었어요, 손수건에 물을 묻혀 얼굴과 목을 닦았어요

다시 적셔 겨드랑이와 팔과 다리를 닦았어요, 마음 없는 몸!

자-자-자, 계속 걸어요, 쉬지 말고 걸어요, 누군가 반쯤
얼린 물병을 줄 때까지, 멈추지 말고

비워진 여자 ─ 비어 있는 남자

다 마셔버리면 어떡해요. 현실이 눈을 뜬다, 물박물관 앞을 서성이다 누군가 내민 생수를 받았지, 통 속 얼음이 더그럭 웃었어

그는 타라 했고 나는 걸었다

자전거 바퀴에 달빛이 휘감긴다, 가로등 불빛이 찢겨 나간다

느리게 걷는 어둠 속으로 택지개발 예정 지구가 사라진다

그가 내민 비뇨기과의원 부채로 팔락팔락, 바람처럼 묻는다

─비워진다는 게 어떤 건지 아세요?

─알죠, *비─인 진찰실, 대기실, 허울뿐인 집,*

─*전, 사람 체온 남은 병원에 늦게까지 남아 있어요, 덜 외롭거든요*

－체온? 그 몸, 말하는 거 아닌데!

－비어 있는 거 말고 비워진 거 말예요

－그게 그거지요, 비워졌으니까 비어 있는 거지요.

이어지는 대화가 두 시간의 쓸쓸함을 덜어냈다

밤이, 얽혀 있는 모든 직선－곡선과 의식을 단순화시킨다,
생소한 짓을 당연히 받아들인다

소금사막

무언가 자라는 사람들이 무언가 부족해 모여 앉은 붉은
저녁이다

누군가는 넘치게 자라나는
누군가는 이미 잘려버린

누대에 걸쳐 성(聖)스러움으로 빛나는 불모지
성(性)스런 화석을 지닌 순례자 무리가 절박하게 찾아든 곳

입맛 돌지 않는 식탁을 마주하고 있다
톡, 톡
손가락이 튕기는 젓가락을 따라 소금 사막 길이 열린다
삼켜지길 거부하는 사막은 갈라지고 벗겨지고 아리다

우유니 소금 사막 전설을 알아?

— '투누파'라는 아름다운 여인이 결혼을 했어
아들을 낳아 애지중지했는데 병으로 죽었지

슬픔이 얼마니 큰지 흘리고 다닌 눈물과 젖이 굳어져 소
금 사막이 됐다네

간결하고 척박한 이야기에 오래된 볼리비아가 고개를 외
로 숙인다

—아기를 안아보기는 했네요. 전 가질 수나 있을까요?
어린 잉카의 두텁게 자라난 구름 틈새로 비가 든다

수술을 전후한 여인들이 북소리를 기다리는 부활의 사원
○○대학병원 5병동 513호

널다

오래된 겨울을 기억하는 건,
뭔가에 급속히 쏠렸던 순간이 인식되기 때문이다
마치 누런 흑백사진 속 맹세들처럼

북풍도 치를 떨던 그 겨울, 청량리역
혼잡한 개찰구에 여자가 서 있었어
한 발은 앞으로 내밀고 상체는 뒤로 살짝 젖힌 채
허리에 두 팔을 걸치고 은근한 미소를 흘렸지
고개를 갸웃거리거나 머리칼을 비스듬히 쓸어 올리기도
했어
장미 꽃다발을 받아야 할지 말아야 할지 망설인다는 투로
등에 업힌 아기가 누더기 봇짐처럼 흔들렸어
제 세상 전부에 엎딘 허연 토사물 엉긴 표정 잃은 얼굴
잿빛 눈발이라도 퍼부을 듯 먹먹했지
드물게 아기를 안고 젖을 물릴 때도 있어, 그때마다
장맛비 같은 눈물을 쏟아가며 아기가 흘러내리면 꽉 묶어
업혀달라고 주변에 부탁을 했지
열차는 묵호를 향해 떠나고 여자는 남아 있었어

보냄과 기다림 중 여자에게 인식된 습관은 무엇이었을까

뒤를 버리고 흐르는 무한궤도 저편에
오래된 통증 하나, 밀려드는 봄볕에 잘 펴서 널었다

시간의 그림자

몇 달째 둘이 듣던 강좌를 혼자 듣는 날, 허전한 여유로움이
역사박물관 뒤뜰을 거닐게 한다

새문안 길, 건물 한 겹의 뒤란엔 잔디와 작은 가지식물과
꽃나무들이 내뿜는 녹색 호흡이 조밀하다

흐름 밖의 흐름을 느리게 마시며 걷는데 작은 소란이 인다

새다, 박새 한 마리가 제 다리만큼 가는 가지에 얹혀 크고
작은 포물선을 만들며 무게중심을 찾아가고 있다

뿌리까지 뒤흔드는 소요를 견뎌주는 가지
잠시 후 서로의 접점을 찾은 새와 가지가 고요하다

다시 발걸음을 떼다 숨이 멎는다

언제부터인지 피사체를 주시한 채 카메라가 되어버린 그의
렌즈 안으로 고요가 흘러들어간다

그와 카메라와 새와 가지가 통합되었다, 시간의 한 공간
에서!

셔터 소리의 여운 그칠 때까지 난, 그들 시간의 그림자였다

문신 2

— 앙티브의 탑들(Paul Signac, 1863~1935)

나가고 싶어도 소용없어요

갯내 나는 바람에 얼굴을 헹구고

번다한 인파 속에 숨어들고 싶어도 점의 집합체에 갇혀

움직일 수 없어요

당신이 치열하게 내게로 향하던 시절

하루에도 몇 번씩 요트를 타고 바다를 맴돌다 오는 당신

망막에는 태양의 수천 가지 체위와 수만의 바람이 투명한

나무처럼 일렁였지요

나무에 걸린 바람처럼 난 고요했어요

짧게, 길게, 가볍게, 혹은 힘을 주며 수평과 수직으로 마

음껏 만지도록 온몸을 맡겼지요

그는 격하거나 세심하거나 그어지는 선을 사용하지 않아요

잘게 잘게 부서지는 수천수만의 일렁임으로 전신을 채우

지요

통각의 눈을 뜨고 흥건하게 지나가는 길들을 읽어요

핑크와 노랑으로 빛나는 성벽이 서고 가루프 등대가 세워
졌네요

물결에 흔들리는 배 두 척과 무염시태 교회 종탑, 그리말
디성과 나지막한 건물들이 밝은 빛 속에서 손 흔들고 있어
요

태양의 체위에 따라 빛과 물감과 점들이 섞인다는데

지금은 어떤가요? 햇살에 온몸이 흔들리고 부서지는
데……

백야

스텝, 스텝, 수직을 거부하는 스텝 지대와 흰여우 영혼이 휘파람을 부는 자작나무 숲을 지나 바이칼호를 찾아 시베리아를 횡단하자

상트페테르부르크를 가로지르는 얼어붙은 네바강과 운하 사이사이 〈닥터 지바고〉의 라라송 선율을 닮은 옛 궁전의 역사에 귀 기울여보자

유람선을 타고 수세기 뼈를 녹여 피오르를 건설하는 빙하의 여신과 훌트라 마녀의 전설을 들어보자

들어보라, 게디미나스성 타워 아래 'Baltijos Kelio Pradzia(발틱웨이 시작점)'에서 탈린까지 손과 손으로 이어지는 장엄한 침묵의 대합창을!

새벽 두 시 반, 머그컵 가득 커피를 내리다 탈진한 얼굴로 방충망에 붙어 있는 녀석과 눈이 마주친다 일곱 해 침묵을 지나 일곱 날의 화려한 외출, 표피만 남기고 다 부어낼 심산

인 놈의 난장판이 아파트 단지를 집어 삼킨다

언젠가 백야를 향해 떠날 거라는 너를 찾아 밤새 헤매던
날, 만난, 한 생의 마지막이었을지도 모를 백야!

현기증 1

뚜껑을 열고 바라본다 이걸 집어보고 저걸 들춰보고 냄새를 맡아보다 다시 내려놓는다

빈 꽃대를 채워주지 못하는 젓가락질이 꿀 없는 꽃처럼 무의미하다

햇살에 점령당한 세상을 향해 몸을 일으킨다
정물화된 공간에 먹지 못한 새가 파닥이자 너울처럼 밀려드는 노란 꽃멀미, 멀미

한낮의 꿈인 듯 다급하게 스텝, 스텝 밟아 상황 너머 저곳으로 날아간다

무도회를 열어요!

버석버석 바스러져 날리는 햇살
불나방처럼 파닥이는 불빛을 결박하고

어둠 아닌 것이 없는 어둠을 위해 빙빙 돌며 춤을 춰요

두려우세요?

가면을 쓰세요, 새(鳥) 가면을

가면 속에 숨어들어 눅눅한 내부가 되세요

당신과 새는 본래 한 몸이었어요

현기증 2

느껴져? 흔들림도 숨소리도 없이 터지는 햇순처럼 은밀하게 다가오는 무언가가

들리지? 보드랍고 리드미컬한 배밀이로 달의 귓등으로 부어지는 별빛 부서지는 소리

아랫배가 환하게 노란 검정 고양이가 꼬리를 치켜들고 눈(眼)위를 지나가고 있어

말간 연노랑에 눈이 부셔라

가벼워진 노랑이 날아가려, 먼 곳으로 가려 할수록 어둠은 더욱 깊은 검정으로 태어나지 어떤 세계에서 검정은 거침없이 돌진하는 의지로 요약된다고 해

노랑과 배를 맞댄 검정이 팽창하며 몸을 섞자
미래의 예감으로 꽃무리 만개하는 밤
순결한 어둠 속에서 나는,

바람에 지워지는 문장처럼 사라지고 있어

고양이가 꼬리를 내리고 쓰러질 때까지 지워지는 세계,
보이지 않던 것이 보이게 될 때 사라진 문장을 기억할 필
요 있을까?

나폴리 다방 1

동해시 안묵호엔 나폴리 다방이 없거나 도처가 나폴리 다
방이다

- 나폴리 다방이 어디요?
어디서 흘러든 걸까, 백 년이 다녀간 듯 적막한 얼굴로
중얼중얼 나폴리를 외고 다니는 맹인 걸인이 있다

판장에 패대기친 물 간 생선 같은 몰골, 땟국 흐르는
허리춤을 거머쥔 채 절대 옷을 벗지 않으려는 외통고집
그런 그가
큰 배 들어오는 날 방파제 너머 멀리 뱃고동이 울리면
할할 단 알몸으로 묵호 시내에 나타난다

외항선을 타던 남자는 커피 배달 나간 제 여자가
다른 놈과 눈 맞아 사라진 후 명태덕장 말뚝에
목을 매달기도 했다는데

시간은 눈바람에 비루먹어 덜컥거리는 북어가 되었어도

기억의 칡넝쿨은 무성히 뻗어 나폴리에 얽혔다

그는 오늘도 짝짝이 젖꼭지를 가진 옛 여자를 찾아간다
이면수어 구워 경월소주 곁들인 따끈한 밥상, 비틀린 입
가에 미소가 흐른다 희멀건 눈동자에 수평선이 달려온다
폐선박 조타실 같은 휑한 가슴으로 여자가 와 안긴다

타닥타닥, 사내의 흰 지팡이는
오늘도 머나먼 나폴리를 찾아 떠나는 중이다

나폴리 다방 2

뱃고동을 드높이며 외항선이 들어온다, 오랜 해풍에
빛바랜 깃발처럼 펄럭이는 뱃사내들 허기진 욕망이 터질
듯 급하다

싸구려 향수 풀풀 날리는 향로집 꽃순이들 격렬하게 밀리
는 밍크담요 모란꽃숭어리들이 쪽방 구석에 흐드러져 뭉개
진다

나는 이 안묵호를 떠나고야 말 거다
팬티에까지 찌든 생선 비린내 벗어버리고 도시로 가자
거기 가서 취직하고 적금도 붓는 거다……, 울컥울컥 밀
려드는 멀미에 꽃순이 영애는 담요 자락을 움켜쥔다

오늘도 맹인 걸인, 나폴리 다방 찾아 안묵호 나왔다

웬일일까, 세수한 얼굴에 머리 갈라 빗고 새신랑이 되었다
판장횟집 여편네가 눈먼 애비 버린 딸년이 돌아왔다 했다
동해 건어물네는 과부촌 떼과부들이 하룻밤 신방 차리려

멀끔하게 씻긴 거라 낄낄거린다

향로집 돼지 엄마가 콧방귀 거세게 날린다
―우리 집 영애년이 지 애비 돌보듯 했던 거라, 그년이 아
래는 팔고 살아도 심성은 하늘님 부처님인 거라

나폴리 다방 3

연일 눈이 쌓인다

화진물산 물류창고 한구석에 찢어진 박스 병풍 두르고
맹인 걸인 잠들었다, 밍크 꽃이불 속에
비틀린 미소도 둘둘 말렸다 임종을 지킨 건
머리맡에 놓아둔 지팡이뿐

—눈 좀 떠봐요
밤새 뱃사내에게 꽃을 판 영애가 어깨를 일으켜
설설 끓인 싱탱이국 한 수저 떠먹이려다
그대로 주저앉는다, 이곳 하늘은 비린 어둠만이 전부였다

향로집 식구들이 베옷을 장만했다
송판 냄새 생생한 신방에 나폴리 그 여자와 나란히 눕힌다
비틀린 얼굴 가득 평안이 내려앉는다

하루 영업 철시한 향로집 상주들,
나폴리에 묻은 꿈을 한 줌 한 줌 바다에 흩뿌린다

꽃순이들이 던진 국화꽃 몇 송이가 거친 파도 위를 맴돈다

바람이 굵은 눈발을 몰고 돌아오는 저물녘
잿빛 하늘 끄트머리로 갈매기 한 마리 긴 울음을 끌고
간다

밑줄 긋기

중국 저 나라엔 인어 아저씨가 있었는데, 왜 인어 하면
아가씨만 생각하나, 문화 편식의 결과다

네가 말한다
—편식이라는 거, 아침마다 거울 보는 것과 같은 거?
중국 신화 알기 전엔 인어 성별 같은 건 생각도 안 해봤
다, 인어도 이 바다로 저 육지로 교류하고 혼인하며 글로벌
하게 살았으려니 생각했다

우주를 생성하고 신들을 창조하고 역사를 관통하는 두개
골 속 상상들, 내해를 배회하다 흘러 나왔던 근원으로 돌아
가기도 하고 정처 없는 시간과 장소들을 떠돌다, 편서풍에
흐르는 황사처럼 잿빛 기억의 골짜기에 덮여가고 쌓여도 가
겠지

백 년 전에도 없었고 백 년 후에도 없을 너는,
전·후 사이 밑줄 친 행을 살아가고

잊혀져 생소해진 것 새로워 생소한 것들 사이를 건너는 넌,

나날을 뿌리 찾아 헤매는 고아 같은 간절기(間節基)

고요한 작업

— 누드 : 박영선(1910~1994)

한 겹 또 한 겹 여자는 낯선 눈빛 앞에 옷을 벗는다
바닥과 벽을 이어 눕는다, 왼손은 젖무덤을 감싸고
오른손은 얼굴 전면을 지나 무성한 머릿단에 둔다
살짝 도톰한 아랫배와 탄력 있는 엉덩이, 흘러내릴 듯한
선율로 두 다리 선을 들어 벽면에 대고 왼발은 약간 내
린다

두 다리 사이 여밈 부분 그늘이 깊다
바닥에 던져져 신음하는 창백한 짐승,
이마 위로 올린 팔목이 가늘게 떨린다
방광이 팽팽해진다, 자세는 물론 한 치의 표정 변화도
허락되지 않는다 이를테면 심장 없는 인간이 되어야 한다

순간순간 박제되어가는 초침 따라 한 잎 두 잎 흩날리는
꽃잎
화실 가득 연필 스치는 소리 사각사각 나신을 덮어간다
윤기 흐르는 음모 아래 홀로 깊어가는

늪

여자는 모델료와 또 보자는 약속 사이에 고요하게 누워
있다

시를 쓰는 일은 마음을 쓰는 일이다

최종천

1980년대의 현실 참여 리얼리즘 시들은 내용의 면에서 보자면 풍부하였으나 형식의 면에서 보자면 아쉬움이 없지 않았다. 시를 투쟁의 도구로 사용하기 위한 전략상 불가피한 면이 있었다고 할 수 있을 것이다. 사실주의로서의 리얼리즘은 사실을 통하여 진실을 보고자 하는 것이다. 80년대의 리얼리즘 시들은 그러한 진실을 직접적으로 호소하였다. 어떤 시가 순수하게 사실만으로 써질 수 있을까? 그 문제는 사실 뒤의 진실마저도 사실적인 표현을 통하여 보여야 한다는 것이겠다. 이것은 예술로서의 시가 형식의 문제이지 내용의 문제가 아니라는 예술의 본질적인 것과 관련된 문제이다. 진실은 비물질적인 것이고 정서적이지만 그 진실이 사실이 되면 이제 논리적인 대상이 되는 것이다. 마음을 쓴다는 것은 마음을, 몸을 사용하여 밖으로 표현하는 것을 말한다. 이렇게 마음이란 행위를 통하여 비로소 알려질 수 있는 것이다. 문학이 기호로 이루어져 있다고 할 때, 기호란 물질적이고 감각적인 것이다. 형식을 다른 말로 하자면 바로 몸이다. 모든 사물은 형식이며 인간의 삶은 형식을 공유하는 것에 다름 아니다. 이로부터 예술이 형식의 문제라는 것이 밝혀진다. 리얼리즘이란 그러한 참여적인 태도를 취하기 마련이다. 여기 소개하는 이성혜 시인의 시편들은 그러한 예술의 형식을 잘 보여주고 있다. 시인은 시를 통하여 굳이 말하거나 이해시키려 들지 않는다. 아주 냉정하게 현실의 일부분을 찍어 도려내어 보여줄 뿐이다. 시인의 기교는 탁월하고 이미지 조형술은 시의 최우선인 언어의 총화를 유감없이 보여준다. 언어를 과감하게 부리고 언어와 언어들의 에로티즘이 황홀하다. 시인이 다루는 제재가 현실 참여시와 다르다고 하여 리얼리즘이 아니라고 할 수는 없다. 시인이 보여주고 있는 것 중의 한 가지는 문화 투쟁하는 성이다. 인간은 자연을 살고 있는 것이 아니라 문화를 살고 있다. 문화투쟁은 인간의 삶이고, 인간의 삶은 형식을 공유하는 것에 다름 아닌 것이다.

> 해진 날개를 단 고대의 풍차가 날카롭게 입을 열어 주문을 외운다네.　　　　　　　　　　　　　　　　　　—「레드 라이딩 후드」

> 무질서한 바람에 날리는 질서정연한 책갈피를 탔다 하네
> 　　　　　　　　　　　　　　　　　　　　　—「자라나는 바람」

입을 지우고 다리를 지운 채 점령당한 도시란 사실이 사실
이란 사실조차 고뇌하게 만들지
— 「안개에 부치는 에피소드 셋」

신이 신을 낳고 낳아 내가 바로 그 신이라 나서는 신 많은데
신이 없네요
— 「신을 잃어버렸어요」

얼추 뽑아본 현란한 이미지들이다. 독자들은 이러한 구절들
의 의미소가 무엇인지 알 필요 없이 이미지의 흐름에 맡기고
일단은 언어를 따라가보아야 한다. 무엇을 말하기 위한 이미
지가 아니라 보고 느끼기 위한 이미지들이다.

표제작인 「신을 잃어버렸어요」 전체를 읽어보자.

이유 모를 총질과 아비규환에서 도망쳤는데요 맨발이네요
무한 앞에 방향 잃고 여기-저기 신을 찾아 헤매요 신이 신을
낳고 낳아 내가 바로 그 신이라 나서는 신 많은데 신이 없네요
조악한 모양 싸구려 재질 엉성한 바느질 가짜-모조-짝퉁, 내
가 찾는 신은 디자인 재질 바느질이 최상급, 장인이 한 땀 한
땀 만든 유일한 신! 이라니까요 상하지도 더럽혀지지도 않는
발 때문에 해 뜨는 곳에서 해 지는 곳까지 신을 찾아 헤매요 왈
패들 왈짜를 막아주는 주막집 주모 추락하려는 절벽에서 손을
내미는 청동 활 남자 토기에 물을 떠주는 여자, 원치 않는 구원
들이 나타나 신 찾기를 끝낼 수 없게 하네요 때로는 강풍에 돛
단배처럼 휘리릭 대서양으로 나아가고요 때로는 잠자는 지중
해 시간에 묶이기도 하고요 중력 잃은 허공에 떠 있기도 하면

서 근원에서 황혼토록 신을 찾아 신고-벗고! 드디어 닮은 신을
찾았는데 삭아요 신 칫기를 끝내려 꾸—욱 밀어 넣었어요 어,
신이 발에 맞춰 자라나네요 무얼 찾아 헤맨 걸까요? 신에 발만
넣으면 원하는 대로 편하게 맞춰주는 차안(此岸)인데요!

—「신을 잃어버렸어요」 전문

"내가 바로 그 신이라 나서는 신 많은데"라고 할 때 그 신은
발에 신는 많은 신들을 의미하는 것이지 어떤 특정한 신을 의
미하지 않는다. 그러나 화자가 찾고 있는 신은 그런 신이 아니
라 "최상급, 장인이 한 땀 한 땀 만든 유일한 신"이다. 기독교
의 유일신이 아닌, 그러나, "원치 않는 구원들이 나타나 신 찾
기를 끝낼 수 없게 하네요"라고 할 때의 신은 발에 신는 신임과
동시에 믿어야 하는 신을 의미한다고 볼 수가 있다. 그래서 화
자가 신을 찾고 있는 것은 우리를 구원할 신을 찾고 있는 것과
다를 바가 없다. 이렇게 읽으면 "이유 모를 총질과 아비규환에
서" 도망치는 상황은 화자 개인의 개별적인 상황이 아니라 우
리 모두가 겪고 있는 보편적인 삶의 현실이다. 그 현실은 "신이
발에 맞춰 자라나네요 무얼 찾아 헤맨 걸까요? 신에 발만 넣으
면 원하는 대로 편하게 맞춰주는 차안(此岸)인데요!"에서 읽을
수 있듯이 아무 신발이나 신으면 신이 자라나서 발에 맞는, 굳
이 무엇을 고집할 필요가 없는 차안(此岸)의 세계라는 것이다.
이것은 기독교의 유일신에 대한 비평은 아닐까? 시인이 시를
쓸 때에 언어 감각에 따라 언어를 끌어다가 이미지를 만들기
때문에 일단은 시인의 이미지 조형술을 따라 감각에 충실하면

서 시를 읽어야 한다. 현란한 시의 이미지들의 미로를 따라 가다 보면 미로에 갇힐 수가 있을 것이다.

　이 시집에서 관심이 가는 시편들은 인간의 문화적 투쟁으로서의 성을 표현하고 있는 작품들이다. 「고요한 작업」, 「나폴리 다방」 연작, 「웰빙 프로그램」, 「아담의 성기」, 「문신」, 「장미여관」 등이 그렇다. 「나폴리 다방」 연작은 완벽한 서사를 구성하고 있다. 이야기에는 영애라는 주인공이 등장하는데, "그년이 아래는 팔고 살아도 심성은 하늘님 부처님인 거라"고 얘기되는 여성이다. 「나폴리 다방 1」에서는 그녀와 맹인이 동해시 안묵호에 흘러들어 만나게 되는 과정이, 2에서는 맹인과 영애가 인연을 맺게 되는 심리적 동기가("나는 이 안묵호를 떠나고야 말 거다", "오늘도 맹인 걸인, 나폴리 다방 찾아 안묵호 나왔다"), 3편에서는 그 둘의 장례식("송판 냄새 생생한 신방에 나폴리 그 여자와 나란히 눕힌다")이 치러진다. 이 연작의 세 편에서도 시인은 자기 개인의 정서적인 표현을 하지 않는다. 다만 영애와 맹인 사이의 거룩한 사랑을 보여줄 뿐이다. 그 거룩한 사랑은 "밤새 뱃사내에게 꽃을 판 영애가 어깨를 일으켜/설설 끓인 싱탱이국 한 수저 떠먹이려다/그대로 주저앉는다,"로 아주 냉정하게 사실적으로 표현되고 있다. 그들의 사랑이 거룩하다는 것은, "하루 영업 철시한 향로집 상주들,/나폴리에 묻은 꿈을 한 줌 한줌 바다에 흩뿌린다/꽃순이들이 던진 국화꽃 몇 송이가 거친 파도 위를 맴돈다"라는 표현에서 애처로운 삶을 더불어 꾸려온 이웃들이 하루의 영업을 철시하고 그 둘의 장례식을 치르는 것으로 증언되고 있다. 이렇게 사실만을 동하여 말히고가 하는 겨을 보여준다. 이런 객관성은 「웰빙 프로그램」의 서두에서 다음과 같이 표현하는 경우에도 적용되고 있는 것이다.

성범죄자에게 전자 발찌를 채우고 화학적 거세를 논하고, 강력범과 살인자 DNA 영구 보존을 논하는 현실은 자체가 연재 스릴러물이다

　　　　　　　　　　　　　　　　　—「웰빙 프로그램」 부분

　이러한 표현은 정서적인 것이 아니라, 논리적인 것이다. 그 근거는 뒤를 잇는 내용들이 바로 서두에서 말한 연재 스릴러물로 되어 있는 데서 찾을 수가 있는 것이다.

　정서는 근거를 보일 필요가 없지만, 논리는 근거를 보여야 하는데 이는 인간의 사고 체계에 마련되어 있는 것이기 때문이다. 이렇게 읽으면 「나폴리 다방」 연작에서 시인은 영애와 맹인의 관계가 사랑하는 관계이며 그 사랑은 거룩한 사랑이라는 판단을 하루의 영업을 철시하고 그 둘의 장례식을 치르는 이웃들의 모습을 보여줌으로써 증언하고 있는 셈이다. 이렇다는 것은 「나폴리 다방 2」에서 "동해 건어물네는 과부촌 떼과부들이 하룻밤 신방 차리려/멀끔하게 씻긴 거라 낄낄거린다"라는 비웃음에 대하여 영애를 고용하고 있는 향로집 돼지 엄마의 항변을 통하여 말해지고 있기도 한다. "우리 집 영애년이 지애비 돌보듯 했던 거라, 그년이 아래는 팔고 살아도 심성은 하

늘님 부처님인 거라". 더 나아가 "송판 냄새 생생한 신방에 나폴리 그 여자와 나란히 눕힌다"고 표현하여 안묵호의 사람들은 그 둘 사이를 사실상의 부부지간으로 보았다는 증언을 하고 있다.

이 「나폴리 다방」 연작 세 편을 통하여 독자들이 경험할 수 있는 것은 우리들 본래의 것인 성(性)의 거룩함이다. 우리의 성은 이렇게 투쟁한다. 시에서 의미심장한 표현은 단순하게 되어 있다. "눈 좀 떠봐요". 영애에게서 꽃을 산 뱃사내는 맹인이 아닌 다른 사람이다. 그에게 꽃을 팔아서 얻은 그 돈으로 자신이 사랑하는 맹인에게 와서 싱탱이국을 끓여주며 그 맹인에게, 눈 좀 떠봐요, 하고 말하고 있는 것이다.

이 표현을 수사학적으로 분석하자면, 시인 자신은 매우 의도적이지만, 등장인물인 영애 자신의 입장에서는 무의식적으로 자연스럽게 흘러나온 말이라는 것이다. 그 맹인에게 영애는 눈 좀 떠보라고 하고 있는 것이다. 눈을 떠서 당신을 사랑하는 나의 예쁜 모습을 보아달라고 하고 있는 것이다. 그러나 그 맹인은 이미 볼 수 없는 눈을 대신하여 손으로 영애의 몸 구석구석을 가보았을 것이다. 그래서 눈 좀 떠봐요, 하는 말은 간절하게 들린다. 이렇게 읽으면 '영애'라는 이름도 그저 주어진 이름이 아니라, "영원한 사랑"을 의미하는 영애가 아닐까? 영애와 맹인 간의 사랑은 영화 한 편을 찍어서 수십억의 돈과 권력을 거머쥐는 스타들의 음탕이 넘치는 그런 사랑에 비하여 아주 거룩한 사랑이다. 이러한 사랑이 인간을 일으켜 세운다. 만일 그 맹인이 눈을 뜬다면 그 눈에는 보이는 것이 없는 제대로 눈이 먼 사람이 될 수도 있다. 이런 아름답고 거룩한 사람을 삶 속에서는 볼 수가 없고 허구인 예술작품을 통해서만 볼 수 있게 된 인간의 현실이 슬프게 각인되는 작품이다.

또 다른 시편들은 낯설고 얼핏 읽어서 관계가 없을 것 같은 행들을 열거하여 시를 읽는 독자들의 민첩한 두뇌의 회전을 요구한다. 이런 시편들은 주로 기지와 재치에 의하여 이미지가 조립되고 있다.

> 공룡 고기를 물고 지글지글 숯불 위를 건너는 집게와 가위의 설익음, 붉다
>
> 하루를 위해 검은 웅덩이를 건너는 하얀 맨발의 맥박 소리, 붉다
>
> 녹슨 바다를 건너며 거미가 뽑아내는 로드맵, 붉다
> > ―「비상, 활짝 피는 붉음」 부분
>
> 존재가 있었나? 자각이 먼저 눈을 떴을까요?
>
> 설산을 기어 당도한 무릎이 하얗게 무너집니다
>
> 긴 잠, 그건 시간 안의 일인가 시간 밖의 일이었을까요?
> > ―「연두 리본의 욕망」 부분

각각의 행은 하나의 연으로 독립되어 있고, 「비상, 활짝 피는 붉음」에서는 "붉다"로 묶여 있다. 「연두 리본의 욕망」은 고도의 암시적인 이미지에 의하여 독립된 행들이 관계 설정되어 있다. 여기에는 연민보다는 기지와 재치가 크게 작용한다. 시인은 구태여 말하려 들지 않고 이해시키려 하지 않는다. 다만 있는 그대로를 이미지화하여 보여주고자 한다. 각 시편들을 읽어보면 줄글로 된 시가 많은데, 이것을 통하여 독자는 시인의 사유의 패턴이 드러남을 보는데 상황을 보다 충실하게 묘사하려는 것으로 보인다. 그러나 상황에 대한 충실한 묘사에 그치지 않고 느닷없는 반전을 이루어낸다.

> 또 한 사람이 도처에 살의가 흐르고 시취가 난다고 킁킁댄다
> 또 한 사람이 먼저 택시를 타도 되냐고 묻는다
> 또 한 사람이 보이지 않는 흉터는 누구나 가지고 있다며 위로한다
> 또 한 사람이 아내의 냉기만 가득한 집에 들어가기 싫다고 훌쩍인다
> 또 한 사람이 모텔로 가줄 여자를 알고 있다고 속닥인다
>
> 성큼성큼 어둠이 들어찬다
> 기성세대가 가꿔온 세상을 젊은이들이 아무런 거리낌 없이 빠르게 차지해 나가는 것처럼
>
> ——「키로키 바(Bar) 가는 길을 아세요?」부분

그때의 불안은 구불구불 자라나 사기를 당하고, 동네에서

선망받던 빵 공장을 삼키고, 무궁화 꽃송어리 시푸르게 떨군
집끼지 먹어치웠다. 먼지처럼 뷰뷰한 어제와 내일을 싣고 달려
온 화사가 입을 벌린다. 그때 긴 몸 훌쩍 빠져나간 화사는 어느
문으로 들어갔을까.

—「문, 그리고 문」 부분

마음대로 오를 수도 만질 수도 없이 눈 돌리는 곳마다 들어
서버리는 화단. 어리둥절한 의문이 서성이는 태초를 상실해버
린 화단.

오늘도 화단은 끝없이 이어지고 누구나 화단 하나쯤은 가지
고(가지려 하고) 있다 하네.

—「자라나는 바람」 부분

「키로키 바(Bar) 가는 길을 아세요?」 마지막 연은 앞에서 말
한 바에 대한 총괄적인 비평의 표현이 되고 있는데, "기성세대
가 가꿔온 세상을 젊은이들이 아무런 거리낌 없이 빠르게 차
지해 나가는 것처럼"이라는 표현은 시의 내용을 총괄하면서
도 작은 반전을 이루어 내고 있다고 보아진다. 「문 그리고 문」
에서는 "색동 대님을 주우려다 몸이 굳는다. 살아 구불거리는
대님"으로부터 시작된 불안이 구불구불 자라나 사기를 당하게
하고 빵 공장을 망하게 하고 드디어 그 대님은 화사(花蛇, 꽃뱀)
가 되어 어제와 내일을 결정해놓고 어느 문으로 빠져나갔는지
알 수가 없게 된다. 「자라나는 바람」에서 "아무것도 결정된 게
없고 무엇이나 가능했다" 하지만, "오를 수도 만질 수도 없이

눈 돌리는 곳마다 들어서버리는 화단"에서 읽을 수 있듯이, 이미 결정되어 있는 것이다. 그런데 그 화단은 "누구나 화단 하나쯤은 가지고(가지려 하고) 있다"고 말할 수 있는 화단이다. 이 시에서 화단이 무엇을 지시하는지는 "밭을 매는 사람이 있었다 하네"와 연관지어 생각해보아도 분명하지 않다. 그 밭은 곧장, "무질서한 바람에 날리는 질서정연한 책갈피를 탔다 하네"라는 이미지로 옮아간다. 그 뒤를 잇는 이미지들의 변화는 그야말로 현란하고 화려하다. 이런 시편들에 대한 밝은 해석이 막혀 있는 이유는 화자가 조금 지나치게 이미지의 조형에 도취되어 있다는 것은 아닐까, 생각되는 것이다. 그러나 또 다른 말이 가능한데, 이런 시들을 80년대의 민중참여시를 읽듯이 꼭 메시지를 찾아서 문자 의미에 충실하여 읽어서는 안 된다는 것이다. 비교적 순한 시편들도 있다.

먹지 않아도 배고프지 않은, 입구가 출구인 곳으로
빛의 보푸라기들이 밀려든다
…(중략)…
따라 내리지 못한 사념의 실타래가 폴폴 날며
소리 잃은 소란이, 들리지 않은 귀에 호흡을 흘려 넣는다

—「술 먹는 남자」 부분

인용문에서 "먹지 않아도 배고프지 않은" 것과 "입구가 출구인 곳"은 등가이다. 이런 기교적인 표현들은 주제에 비하여 언어가 너무 앞서간다는 인상을 준다. 언어는 인간의 관념을 표

135

현하는 기호라는 법칙을 넘어서는 기교이다. 「술 먹는 남자」
는 술에 의지하여 아무런 목적이 없이 "떠난 목적들이 목적지
를 향해 달"리는 방황하는 인생을 보여주고 있는 시편이다. 이
렇게 읽어보면 앞의 기교적인 표현들이 어떻게 연관되어 있는
지를 알게 된다.

이제 마지막으로 익살과 해학을 경험해보도록 하자. 「웰빙
프로그램」은 작정하고 쓴 익살극이다. 시에 들어가기 전에 시
인은 하나의 전제를 제시하는데 다음과 같다.

성범죄자에게 전자 발찌를 채우고 화학적 거세를 논하고,
강력범과 살인자 DNA 영구 보존을 논하는 현실 자체가 연재
스릴러물이다

—「웰빙 프로그램」 부분

이 전제는 일종의 공리와 같은 역할을 시에서 하고 있다. 왜
인가 하면 시의 본문이 이 전제를 보충하고 공리의 정당성을
입증하는 역할을 하고 있기 때문이다. 시는 "한여름 밤 웰빙 호
러를 경험하고 싶으신 개인 및 그룹, 특히 가족 단위 환영합니
다"라고 너스레를 떨면서 시작된다. 웰빙 호러라지만 막상 제
시하는 프로그램에는 장난스러운 소품들이 제시된다.

이른 저녁 : 감자밥, 호박잎 막장 쌈, 노가리 조림, 오징어 젓
갈, 열무김치
관   람 : 사범인 방앗간 셋째 오빠와 단원들의 태권도 시범

(몇 가지 기본 동작 배워보세요)
맹호부대로 월남전에 참전했던 노장 경태님 무
용담
사전 준비 : 1) 웃자란 쑥대와 명아주 베어 모깃불 놓기
2) 흐려가는 수은 보안등 주변에 덕석 펴기

　　　　　　　　　　　　—「웰빙 프로그램」 부분

　이렇게 무대를 마련하기 전에 해야 하는 것은 "달빛이 희뿌
옇게 배설한 앞도랑"에서 그 달빛으로 샤워를 하는 것이다. 그
런 다음에 본격적인 호러를 경험하는데 그것은 "전설 따라 삼
천리" 특강으로, 천곡리 덕이 언니의 귀신 구별법 세 가지로 제
시된다. 이런 호러는 체험해보았자 웃음밖에는 나올 게 없어
보인다. 그런 것은 "세상 밖을 떠돌며 사는 것들"이고 그렇다면
본 주제는 되지 못하고 어디까지나 "부제"일 뿐이라는 것이 시
인이 하고 싶은 말이다.
　따라서 시간은 "글쎄, 그게 언제였더라"로 표현되는 그런 시
간이다. 그런 여유 있는 시간은 당초부터 없다는 것이다. 시를
읽으면서 웃기만 할 일이 아니라, 무엇을 노리고 이런 시를 쓴
것인가? 하는 생각을 해야 한다.
　시인이 겨냥하고 있는 것은 인간의 권태로움이다. 본래 인
간은 하루 종일 수렵 채집을 하며 살고 있었다. 그렇게 누천년
을 살았다. 그러다가 기계를 만들어 노동을 맡겨놓은 후로부
터 남아도는 시간과 싸워야 하게 된 것이다. 노동으로부터 해
방되면 자유로울 줄 알았으나, 남아도는 시간 때문에 권태가

찾아온 것이다. 그래서 만들기 시작한 것이 예술이라는 고상한 놀이이다. 인간은 권태를 물리치기 위해서 가존 놀이를 만들고 있지만, 그 자극이 사라지면 다시 권태가 고개를 쳐들고 덤벼든다. 현대사회의 인간은 광기를 띠고 있다. 그 광기 중에 하나가 공포물을 만들어 체험하는 것이다. 이제 사소하고 자잘한 기쁜 일들은 행복이 아니게 되었다. 현대인은 생활 그것만으로는 전혀 행복하지 않다. 어떻게든 신나는 일을 매일매일 만들어내서 즐겨야 한다. 그럴수록 권태도 강력하게 된다. 이 시가 그 주제에 어울리는 형식을 하여 일종의 시나리오적인 구성을 하게 된 필연성이 바로 광기 어린 인간에 대한 연민과 조롱을 익살과 해학으로 승화시키는 데 있는 것이다. "성범죄자에게 전자 발찌를 채우고 화학적 거세를 논하고" 하는 일 또한 권태를 달래려고 하는 것은 아닐까? 그러느니 차라리 이런 웰빙 프로그램을 통하여 공포 비슷한 체험을 해보는 게 어떻겠는가 하고 시비를 걸어놓고 있는 것은 아닐까? 이런 시비 걸기는 「아담의 성기」에서도 확인된다.

샤워하고 나오는 그에게 내가 한 부탁은 어려운 게 아니다

오른발 앞부분으로 낮은 화장대 의자를 딛고 무릎을 굽혀봐라
왼팔은 가슴을 지나 오른쪽 굽힌 무릎을 잡고 왼쪽 얼굴을
어깨에 기대라, 오른팔은 집게손가락만 펴서 내려트리고
그 자세로 잠시 서 있어달라는 것뿐
　　　　　　　　　　　　　　　　　—「아담의 성기」 부분

로댕의 조각 〈아담〉은 인용시와 같은 자세를 하고 있다. 로댕이 이런 조각을 창조한 이유를 시인은 "오른쪽 사타구니 위쪽에 성기가 놓이는지 확인해보고 싶을 뿐이다"를 통하여 상상해보고 있다. 〈아담〉을 보면 정면에서는 성기가 보이지 않지만, 조금만 각도를 달리 하면 보인다. 로댕은 왜 이 작품의 이름을 〈아담〉이라고 한 것일까? 하는 의문이 드는 이유이다. 그러니까 로댕은 아담의 성기를 감추는 것이 아니라 강조하기 위해서 조각을 한 것으로 생각되는 것이다. 시인은 로댕에게 제안하고 있다. 이 작품의 이름을 〈아담〉이 아니라 〈아담의 성기〉라고 하는 것이 속 편하지 않겠소? 하고.

> 지옥 입구에 서 있으라는 게 아니다
> 집게손가락으로 신의 영감을 받으라는 것도,
> 고통과 고뇌 어린 미묘한 표정을 표현해보라는 것도,
> 온 몸에 힘을 줘 터질 듯한 근육을 만들라는 것도 아니다
>   —「아담의 성기」 부분

인용시에서 심각한 발언은 "집게손가락으로 신의 영감을 받으라는 것도" 아니라는 표현이다. 조각 〈아담〉은 집게손가락을 펴서 성기를 대신하고 있는 것이 분명하기 때문이다. 그런데 그 손가락이 신의 영감을 받을 수 있다면 그 이유는 성기를 대신하고 있기 때문일 것이라는 것이다. 로댕은 신의 손을 가진 사람으로 평가되고 있는데, 이유는 성경 「창세기」의 주제들로 조각을 했기 때문이다. 〈아담〉과 〈지옥의 문〉은 대표적인 작품

이다. 「창세기」에는 아담의 아내 하와가 따서 준 금단의 열매를 같이 먹고 나서 눈이 밝아져 자신들이 알몸을 가리는 장면이 나온다. 금단의 열매는 그들로 하여금 부끄러움을 알게 한 것이다. 그러나 신은 그들에게 "누가 너희가 벗었다는 것을 알게 했느냐? 따 먹지 말라고 한 그 열매를 따 먹었구나." 하고 묻는다. 이는 신은 모든 존재를 알몸으로 창조했다는 의미이다. 로댕의 조각 작품은 대부분 알몸이다. 하이데거는 『존재와 시간』 44절에서 진리의 본질을 비은폐성, 개방성, 폭로성으로 말하고 있다. 알몸은 진리의 것이다. 그러나 인간은 자신의 알몸을 가리고 무장하여 진리를 부정하고 창조를 거부하게 되었다. 이성혜 시인과 로댕이 작품을 통하여 여기서 만나고 있는 것이다. 지금 현재 인류의 서식처인 지구는 이상기온으로 온도가 상승하고 있다. 온도 상승은 지구의 초원을 벗기고 식물을 사라지게 할 것이다. 그때는 인간도 무장을 해제하고 자신의 알몸을 되찾게 될지도 모르는 일이다.

崔鐘天 | 시인